Vente des 8 et 9 Décembre 1862

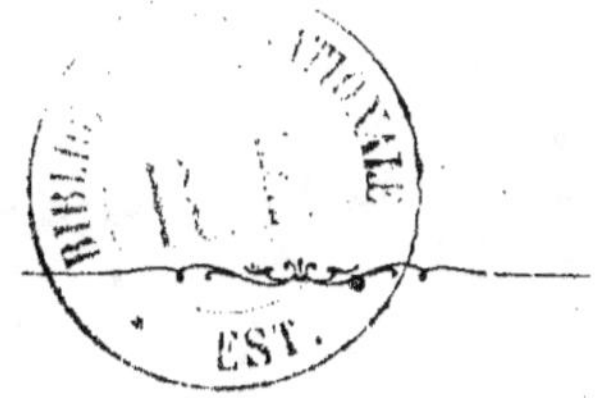

OBJETS D'ART

ET CURIOSITÉS

PROVENANT D'ITALIE ET DE SICILE

DOM. Ch. PILLET, Commissaire-Priseur

M. ROUSSEL, Expert

PARIS. Imp. PILLET FILS AÎNÉ, rue des Grands-Augustins, 5.

CATALOGUE

D'UNE BELLE COLLECTION

D'OBJETS D'ART

ET DE CURIOSITÉ

Meubles anciens en marqueterie et bois sculpté;
Bronzes et Métaux divers;
Marbres et Terres cuites: Vases points; Statuettes antiques:
Faïences italiennes des XVᵉ et XVIᵉ siècles:
Objets divers, etc.

PROVENANT POUR LA PLUPART D'ITALIE ET DE SICILE

DONT LA VENTE AUX ENCHÈRES PUBLIQUES AURA LIEU

HOTEL DROUOT, SALLE Nᵒ 1

Les Lundi 8 et Mardi 9 Décembre 1862

A UNE HEURE

———

Par le ministère de Mᵉ **CHARLES PILLET**, Commissaire-Priseur,
rue de Choiseul, 11,

Assisté de M. **ROUSSEL**, Expert,

Chez lesquels se distribue le présent Catalogue.

———

EXPOSITION PUBLIQUE

Le Dimanche 7 Décembre 1862, de une heure à cinq heures

CONDITIONS DE LA VENTE

Elle sera faite au comptant.

Les acquéreurs payeront, en sus des adjudications, *cinq pour cent*, applicables aux frais.

Paris. Imprimerie PILLET FILS AÎNÉ, rue des Grands-Augustins. N.

DÉSIGNATION
DES OBJETS

Meubles

1 — Deux consoles en marqueterie de bois de rose, garnies
de bronze de style Louis XV.

2 — Meuble à portes vitrées à deux corps en marqueterie
de cuivre et écaille. Fin Louis XIV.

3 — Bureau à quatre faces, marqueterie de bois de rose.
Bronzes dorés. Louis XVI.

4 — Bureau en marqueterie de bois de rose orné de bronzes.
Louis XV.

4 *bis* — Petit meuble marqueterie de cuivre sur ébène. Fin
Louis XIV.

5 — Bahut ou siége d'antichambre en bois sculpté de style
Louis XII. Fabrication moderne.

6 — Cabinet italien. Marqueterie ivoire et ébène. Fin
XVIe siècle.

7 — Régulateur-pendule en écaille garnie de bronzes fine-
ment ciselés, la gaîne marquetée d'étain sur ébène.
Louis XIII.

8 — Table en bois à pieds tors. Louis XIII.

9 — Deux fauteuils en bois à X. XVIe siècle.

10 — Deux torchères en bois sculpté. Négresses portant sur
des socles sculptés et dorés. La restauration toute
récente a conservé les moindres détails de l'ornementation primitive. XVIIe siècle.

11 — Fauteuils en bois à pieds tors. Louis XIII.

12 — Miroir en bois sculpté et doré. Louis XV.

13 — Miroir en bois sculpté et doré. Louis XIV.

14 — Miroir, partie à transparents verts. Louis XIII.

15 — Pendule de bureau, écaille, étain et cuivre. Variante
assez rare du modèle à lyre. Louis XIII.

16-18 — Trois pendules en marqueterie de cuivre sur
écaille. Louis XV.

19 — Pendule Louis XVI, en bronze doré.

20 — Horloge en bronze gravé et doré. Superposition d'ornements en argent. XVIe siècle.

21 — Horloge en bronze gravé et doré. Cadrans ornés d'é-
maux translucides. XVIe siècle.

Bronzes et métaux divers.

22 — Torchère en fer forgé, ciselé et doré. Certaines parties
réservées laissent voir le métal poli. XVIe siècle.

23 — Deux grands bras en fer forgé et ciselé, composés de
feuilles de chêne mêlées à des rinceaux alternées
par des liens. XVIe siècle..

24 — Lustre en bronze à vingt-quatre lumières. Louis XIII.

25 — Lanterne vitres gravées. Louis XV.

26 — Grande paire de chenets en bronze. Monture originale. XVIe siècle.

27 — Paire de chenets en bronze. Chien et Chat. XVIe siècle.

28 — Trépied ou Lavabo en fer forgé. XVIIIe siècle.

29 — Deux vases à anses, en cuivre repoussé. Fin XVIe siècle.

30 — Fontaine forme de vase en cuivre repoussé, avec anses et couvercle. XVIe siècle.

31 — Plat en cuivre orné de gravures très-bien conservées à l'extérieur, celles de l'intérieur ont disparu. XVIe siècle.

32 — Plat en cuivre orné de gravures très-bien conservées ; au centre de l'ombilic une tête de lion. XVIe siècle.

33 — Bassin en cuivre, un écu surmonté d'une croix, et entouré de lierres. XVe siècle.

34/37 — Quatre plats et bassins en cuivre des quinzième et seizième siècles. Sur l'un deux incrustations d'argent.

Marbres et Terres cuites

38 — Bas-relief en marbre : Le Christ. École d'Orcagna.

39-40 — Marbre. Deux bustes en demi-relief. Jeunes Femmes ;
l'une d'elles est souriante et coiffée de lierres ; l'autre
exprimant la tristesse est diadémée. xvie siècle.

41 — Fontaine en marbre composée d'un Enfant. Réminis-
cence du Maneken-Piss flamand. Cet objet provient du
château de Chantilly. xviie siècle.

42 — Bas-relief en marbre : le marquis de Torcy, neveu de
Colbert.

43-44 — Deux fûts de colonnes en marbre antique, dit :
Grand antique.

45 — Statue antique en marbre : Polymnie. (?)

46 — Buste antique de Julia Domna. Marbre pentélique et
albâtre oriental.

47-48 — Deux pilastres ornés d'arabesques. xvie siècle.

49 — Bas-relief en terre cuite. La Vierge et l'Enfant-Jésus.
xvie siècle.

50 — Bas-relief en terre cuite. La Vierge et l'Enfant-Jésus.
xve siècle.

51 — Bas-relief en terre cuite. Carlo Bertinazzi, dit Carlin,
célèbre acteur de la Comédie-Italienne. xviiie siècle.

52 — Bas-relief en terre cuite. Personnage cuirassé. XVIᵉ siècle.

53 — Porte-Lumière en terre cuite. Enfant agenouillé. XVIᵉ siècle.

54 — Deux Porte-Lumières en terre cuite. Anges agenouillés. XVIᵉ siècle.

55 — Cheminée en marbre antique : Petit Africain ; bandeau en marbre blanc sculpté, de style Louis XVI.

56 — Bas-relief antique de style gréco-italique. Grand prêtre et Bacchante. Marbre blanc.

Vases peints à statuettes antiques

57 — Hydrie. Hercule se préparant à enchaîner Cerbère.

58 — Hydrie. Repas funèbre.

59 — Hydrie. Bacchus monté sur un quadrige ; en avant une Ménade agitant des crotales.

60 — Amphore. Combat, scène héroïque.

61 — Amphore. Thésée combattant le Minotaure ; quatre spectateurs. Au revers personnage monté sur un quadrige.

62 — Hydrie. Marche ithyphallique. Tableau inférieur. Cinq
personnages dont Minerve.

63 — Hydrie. Joûte hippique; à gauche un cippe. Tableau
inférieur. Bacchus assis tenant un vase, Ménades qui
l'entourent en dansant.

64 — Hydrie. Hercule combattant le lion de Némée. Tableau
inférieur. Quadrige, divers personnages dont Apollon
Citharè de placé près des chevaux.

65 — Amphore. La partie supérieure est occupée par une
course de panthères ; au-dessous une danse très-
animée de faunes ithyphalliques aux pieds de cheval
ou de mulet, particularité très-rare.

66 — Coupe. A l'intérieur, personnage imberbe. A l'extérieur,
Gymnastes.

67 — Statuette. Muse.

68 — Statuette. Jeune femme occupée de sa chaussure. Le
même sujet de grandeur analogue se voit au Musée
du Louvre.

69 — Buste d'Adolescent. Harpocrate.

70-73 — Quatre statuettes antiques de grandeurs diverses.

Faïences italiennes des quinzième et seizième siècles.

74 — Bas-relief émaillé. — Fabrique de Lucca della Robbia : Blason de la famille de Gondi. XVI⁰ siècle.

75 — Bas relief émaillé. — Fabrique de Lucca della Robbia Blason de la famille de Médicis. XVI⁰ siècle.

76 — Bas-relief émaillé. — Fabrique de Lucca della Robbia : Monogramme du Christ. XVI⁰ siècle.

77 — Buste de guerrier casqué. — Fabrique de Lucca della Robbia. XVI⁰ siècle.

78 — Buste de femme ayant un grand rapport avec les *Grotesques* de Léonard de Vinci. — Très-ancienne fabrication de Faenza.

79 — Vase à anses enroulées, ornementation d'arabesques par le procédé dit : *Bianco sopra bianco.* XVI⁰ siècle.

80 — Aiguière de couleur brune, composée d'imbrications et de fleurettes rehaussées d'or. — Fabrique della Frata. XVI⁰ siècle.

81 — Deux vases ornés d'arabesques et de deux médaillons : *Oratio et Salomone.* Faenza.

82 — Vase rond à fond bleu très-vif: Course d'animaux à tra-
vers des fruits et des feuillages. — Castel Durante.

83 — Grand vase rond orné de trophées se détachant sur fonds
variés. — Castel Durante.

84 — Deux vases à fond bleu semé de fleurs et feuilles; sur
chaque vase deux médaillons. -- Faenza.

85 — Deux grands cornets ornés d'arabesques. — Castel Durante.

86 — Grand vase rond : Chasse au sanglier; un médaillon : Saint Jérôme.

87 — Vase à deux anses : Fleurs et quadrupèdes. — Fabrique
de Pesaro.

88 — Deux vases: Arabesques et médaillons. — Fabrique de
Faenza. — Un vase : Arabesques, Tobie et l'ange.
— Faenza.

89 — Deux vases à anses, identiques de forme et de dimen-
sion; ces deux vases (il nous semble) peuvent faire
pendants, malgré une différence tranchée dans l'ornementation. — Faenza. xvıe siècle.

90 — Grand cornet couvert d'arabesques : Médaillon entre
deux sirènes. Fabrique de Castel Durante.

91 — Deux vases ornés de queues de paon, œillets, couron-
nes, etc., etc. — Faenza. xve siècle.

92 — Deux grands cornets à anses : 1° un Buste de femme
entouré d'arabesques; 2° une Armoirie et arabesques.
— Sienne. xvie siècle.

93 — Grand vase à une anse représentant une tête d'homme
en relief: *Alexandre*, écrit sur l'anse. — Faenza.
xvie siècle.

94 — Deux cornets-cartouches avec armoiries, à l'arrière de
chaque cornet des trophées. — Faenza.

95 — Un cornet semblable aux précédents.

96 — Deux cornets, ornements bleus en relief sur blanc. —
Gênes. xvie siècle.

97 — Deux grands vases ornés d'arabesques, deux médaillons. — Faenza. xvie siècle.

98 — Vase: Arabesques et une peinture représentant l'Annon-
ciation. — Faenza. xvie siècle.

99 — Deux vases ronds, médaillons de femmes entourés d'ornements divers. — Castel Durante.

100 — Deux cornets, arabesques et médaillons : 1° Buste de
femme; 2° Claudio. — Faenza.

101 — Deux grands vases ornés de rosaces sur fonds variés, cartouches avec bustes d'homme et de femme.

102 — Deux cornets : Bustes d'hommes dont un portant une couronne. XV⁰ siècle.

103 — Sous ce numéro seront vendus onze vases et six cornets de fabriques diverses. Ces objets seront divisés.

104 — Un plat : Jeune cavalier forgeant un cœur. — Fabrique de Deruta. XVIᵉ siècle.

105 — Un plat : Arabesques sur fond bleu, au centre une armoirie. — Urbino. XVIᵉ siècle.

106 — Un plat : Arabesques sur fond bleu, au centre armoirie. — Urbino.

107 — Un plat : Machabée combattant Antiochus. — Fabrique de Castel Durante.

108 — Petit plat creux : Armoirie et ornements. — Fabrique de Faenza. XVᵉ siècle.

109 — Plat à reflets métalliques : Hercule et le centaure Nessus. Signature de Mᵒ Giorgio. Gubbio. XVIᵉ siècle.

110 — Plat : Jupiter travesti en satyre. — Faenza. XVIᵉ siècle.

111 — Plat aux armes de la famille Colonna. — Faenza.

112 — Plat. Scène amoureuse. Monte-Lupo.

113 — Plat à reflets métalliques sur fond bleu. — Ancienne fabrique sicilienne.

114 — Deux plats à reflets métalliques. — Majorque.

115 — Un grand plat : Ornementation bleue sur fond blanc ombilic armorié. — Gênes. XVIe siècle.

116 — Soupière en fayence de Moustiers. — Nous pouvons garantir que couvercle et récipient appartiennent l'un à l'autre, M. de Saint-Seine possède le même modèle et a bien voulu nous permettre de citer ce rapprochement.

117 — Vase à anses, en faïence d'Avignon.

118 — Vase fontaine à deux anses : Ornements d'entrelacs. — Fin XVe siècle.

119-120 — Deux plats à rebords droits. — Faenza.

121 — Pot à anse en fayence de Perse.

122 — Sous ce numéro sept vases et vingt-neuf cornets de fabriques diverses. Ces objets seront divisés.

Objets Divers.

123 — Statuette en terre cuite : Amour, le visage couvert d'une draperie.

124 — Christ en ivoire. — Art italien. XVIe siècle.

125 — Deux petits guerriers rococos en bois sculpté. — (Collection Humann).

126 — Statuette en bronze florentin : Vénus. XVIe siècle.

127 — Heurtoir en bronze : Jeune femme supportée par une tête faunesque. XVIe siècle.

128 — Heurtoir en bronze : Tête de lion. XVIe siècle.

129 — Pied ou support de miroir en émail de Venise. XVIe siècle.

130 — Sonnette de bureau en métal. XVIe siècle.

131 — Sonnette de bureau en métal. XVIe siècle.

132 — Émail translucide : l'Adoration des mages.

133 — Émail d'ancien style : la Vierge et l'Enfant Jésus.

134 — Émail : la Résurrection du Christ.

135 — Boîte à jeu : Travail des chartreux de Pavie. xɪvᵉ siècle.

136 — Miroir oriental : bois sculpté et pierre polie.

137 — Écharpe ancienne, brocardée en fin.

138 — Casque damasquiné d'or et d'argent. xvɪᵉ siècle.

139 — Cadre en faïence, style Louis XV.

140 — Coffret en ivoire. xɪvᵉ siècle.

141 — Coffret en bronze doré. xvᵉ siècle.

142 — Écritoire en bronze. xvɪᵉ siècle.

143 — Bijou en or émaillé. L'intérieur, couvert d'un cristal
de roche, renferme un Calvaire en ivoire. xvɪᵉ siècle.

144 — Ferrure d'escarcelle ciselée et damasquinée d'or. xvɪᵉ
siècle.

145-148 — Quatre émaux : Sujets de sainteté.

149 — Plat en émail de Venise.

150 — Flambeaux dorés pris sur un ancien modèle de style
    Louis XIV.

151-153 — Trois paires de flambeaux dorés style Louis XIV.
    Seront divisés.

154 — Flambeaux anciens en cuivre repoussé et doré.

155 — Flambeaux en métal de cloche, gravés et dorés.

156 — Vitrail : Saint Christophe portant l'Enfant Jésus.

157 — Vitrail : Armoirie surmontée de deux sujets de chasse ;
    monture ancienne. — Fabrique suisse.

158 — Vitrail : les Renards dévastant les champs philistins.

159 — Deux vitraux : la Force et la Vérité.

160 — Divers autres vitraux. Seront divisés.

161 — Lampe en verre bleu. Fabrication vénitienne du
    xvie siècle.

162 — Divers vases et aiguières en verre de Venise.

163 — Saint Pierre en ivoire. xviie siècle.

164 — Flambeau arabe damasquiné d'or et d'argent. Fabrication très-ancienne.

165 — Deux miniatures sur marbre. Sujets inconnus.

166 — Reliquaire en filigrane d'argent doré fermé d'un cristal de roche.

167 — Petit bas-relief en bois sculpté. Travail allemand du XVI° siècle.